GERHARD SEYFRIED

FLUCHT AUS BERLIN

Farbe mit
Hansi KIEFersauer

ROTBUCH VERLAG

Gerhard Seyfried
geb. 1948, seit 1977 weg aus München.
Weitere Veröffentlichungen:
Freakadellen und Bulletten (Elefantenpress 1979
überarbeitete Neuausgabe Fischer Taschenbuch Verlag 1990)
Wo soll das alles enden (Rotbuch Verlag 1978)
Invasion aus dem Alltag (Rotbuch Verlag 1981)
Das schwarze Imperium (Rotbuch Verlag 1986)
Post-Postcartoons (Rotbuch Verlag 1987)

Hansi KIEFersauer
geb. 1948, seit 1980 weg aus München.
Veröffentlichungen bisher:
Frigobert und Kolakowski (Rad ab! Verlag 1985)
Hugo, der Mann mit dem Schatten (Semmel Verlag 1987)
Mixed Pickles (Hrsg., Semmel Verlag 1988)
Hugos Comiczeichenkurs (Alpha Verlag 1990)

4. Auflage

Herausgegeben von Holger Behm
Die Seite 37 wurde von Gilbert Shelton gezeichnet.

Repros: Rink, Berlin
Druck: Holtz GmbH, Neudrossenfeld
Bindung: Wagner GmbH, Nördlingen
Printed in Germany.
ISBN 3 88022 756 X

SCHNARCH
SCHNORCHEL! FFFSSZ.. SCHNURCH
TERMIN: COMIC-MESSE! UND ZWAR DIESES JAHR! DEIN VERLAG
NICHT WIEDER MIT TRAUM!
DRINGRINGRIING!
1989
?
TERMIN COMIC MESSE!
DRIIING!
ZWILLE!
WER SONST! RAT MAL, WAS ICH HAB!
NEN NEUEN POLIZEI-STERN FÜR DEINE SAMMLUNG!
GEIL! SPANDAUER ZWO-DRITTELSTERN, MODELL 71! WO HASTE DEN HER?
FRISCH VON DER MÜTZE!
AARGAU-GRENADA
GRENOBLE-OGGERSHEIM
OSLO-ZÜRICH
SELBST-GEPFLÜCKT?
LOGO! AUF DEM KONZERT VORM REICHSTAG!
DA GABS ZOFF AM SCHLUSS UND NUR, WEIL ICH PISSEN MUSSTE...

BERLINER ROCK-MARATHON
WC's
VERDAMMT! ZU WENIG KLOS!
TEMPO!
LASST MICH DURCH!
MACHT HINNE!
PISST MAL SCHNELLER!
PENNER!
OH MEIN GOTT!
DIE LIEST DA DRIN!
SAGA
DAFÜR ZU VIELE WANNEN! TYPISCH!
HEY, YOU!
HICKS
X TREMELY STRONG
SCREW IT ALL!
DERRY HEAVIES
RÜLPS!
HICK!
HICK! PEE HICK! RÜLPS
!
?
WAS WOLLTEN DIE DENN VON DIR?
NEXT: NINA HAGEN!
WAR NE IRISCHE ROCKERBANDE! SO BLAU, DASS SIE DIE KLOS NICHT FINDEN KONNTEN!
ICH HAB SIE IHNEN GEZEIGT, NETT, WIE ICH BIN.
HERE THEY ARE!
HICK!
WOW!
NICE TOILETS!
FUCK ENGLAND
DERRY HEAVY DRINKERS
BOOZE
POLIZEI
LALÜ LALÜ LALÜ LALÜ LALÜ LALÜ LALÜ LALÜ LALÜ LALÜ
HEUL
JOHL
TOB
HÖNKEL
PFEIF
PENG
JOHL
PFUI
PFEIF
BUMMS
JOHL
BUH!
GRÖHL
TRÖT
VON DREISSIGTAUSEND LEUTEN MUSSTEN DIE AUSGERECHNET IHN FRAGEN!!

IST DAS AUCH WIRKLICH SO GEWESEN?!
ICH SCHWÖR'S!
UND WIESO WAR NICHTS DAVON IN DER ZEITUNG?
WEIL'S DEN BULLEN SO PEINLICH WAR!
NA GUT.
WER'S GLAUBT, WIRD SELIG!
SO NE STORIES HÄTT ICK MEHR AUF LAGER!
NEIN DANKE! EINE REICHT! ICH BRAUCH MEHR WAS REALISTISCHES...
...EIN PAAR FANS HABEN SICH BESCHWERT, WEIL DAS LETZTE BUCH NUR EIN TRAUM WAR!
WENNSTE MIR NIX GLAUBST.
...DANN KOMM MIT RAUS UND ERLEB SELBER WAS!
RAUS? ICH?!
ABER DRAUSSEN WIMMELT'S VON VERRÜCKTEN!
UM SO BESSER!
HM...
OKAY
VIELLEICHT BRINGT'S WAS
AUSSERDEM LÄUFT GRAD NE HAUS-BESETZUNG...

... HINTEN AN DER MAUER!
Z.B.
SANDSTURM VERWÜSTET SAHARA!
BINGO
MÜRCÜDÜS
BÜNZ!
TÜV
TÜV!
ATATÜV!
U
ÖZ
TÜRK-ÜMBÜSS+
-CURRY-KEBAB-BURGER
Atze Arschkopp
AUTONOMEN-
AUSSTATTER
4. HOF LINKS
FOTOSTUDIO SCHOLZ
PORTRAIT + WERBUNG · FACHLABOR SW + COLOR
SKALITZER STR. 54 C
14
LAST-AGE
HEAVY-PLASTIC FASHION
JINGEL YANGEL
BIO-BEAUTY-TANZ-SALON
AUSDRUCKS-
-AKKUPUNKTUR
SCHLANKHEITS-ATMEN
AEROTIK
DYNAMO END-STADIUM UWE
AL:
SCHAU DIR BLOSS MAL DIE LEUTE AN!
DIG THIS
KISS ME
DIE DA, ZUM BEISPIEL!
EINE FEINE JUGEND, DIE UNS DA HERANWÄCHST!
HONK STUDIOS
WIR SIND GLEICH DA!
DANKE, CDU!

IST DAS DAS BESETZTE HAUS?
JA, DAS MIT DEM RÜCKEN ZUR MAUER!
KACK WOHNUNGSNOT
HI, ZACKE!
HEY, ZWILLE! HILF UNS MAL!
WIR HAM DET HAUS-BESETZT!
HAM WA!
WIR MÜSSEN DIE EINFAHRT DICHTMACHEN, BEVOR DIE COPS EINREITEN!
VASTEHSTE EY!
ES IS ABER BLOSS WELLPAPPE DA!
KACKE WA!
DANN GIBTS NUR EINS: WIR MÜSSEN NE BARRIKADE VORTÄUSCHEN!
PFLÜCKT EURE NIETEN AB!
ZAPF
DR martens
20 MINUTEN SPÄTER:
SIEHSTE, GRÜN ANGE-MALT...
FOTEN
WECH!
...MIT AUFGEKLEBTE NIETEN SIEHT'S WIE EIN ECHTES STAHLTOR AUS!
SPITZE, ALTER!
DIE BULLEN KOMMEN!

LALÜ
LALÜ
LALÜ
LALÜ
LALÜ
LALÜ
LALÜ
LALÜ
LALÜ
LALÜ
B4
A1
B-7016
POLIZEI
UNZ GEHÖRT DAS MAUA-HAUS VON SELWA GEHNWA DA NICH RAUS!
MACHN WA NICH
AHA! STAHLTOR!
NA, DAS HABEN WIR GLEICH!
POLIZEI
RÄUM-PANZER: AACHTUNG!
WROMM!
WRUMM!
RÄUMPANZER MARRSCH!
DET FLUTSCHT JA!

VORNE REIN-HINTEN RAUS..
EI VERBIBSCHD!
RUNDER VOM BANZER, ABER HOBBLA, SONSD GNALZ!
ABFÜHRN!
!
POLIZEI
REBARADUR-DRUBB HIERHER!
IN ZWEI MINUDN WILL ICH HIER GEIN LOCH MEHR SEHN, NEWAR!
NICHTS IST SO SCHNELL REPARIERT WIE EIN LOCH IN DER MAUER!
VEB MAUERBAU
...WIE DURCH PAPPE, WA, CHEF!
HALT'S MAUL, MEYER!
...IM WESTEN HAT MAN NICHTS MITGEKRIEGT...
WO BLEIBT DER PANZER?
ER KOMMT NICHT MEHR RAUS!
WIR MÜSSEN REIN UND NACHSEHEN!
(SCHLUCK)
HIER ISSER AUCH NICHT!
BITTE! WAS HABT IHR MIT DEM TEUREN PANZER GEMACHT?
AUF-GEGESSEN
RÜLPS

EINE HALBE STUNDE SPÄTER:
B.SETZT!
NA ENDLICH!
ZEI
KICK!
GRÖHL!
DAS WAR AUCH NIX!
BULLENSTORIES SIND OUT!
HEALTH ANGELS
BIO-KOST
SESAM-TEE • TOFU-BIER • SOJA BONBONS • BRENNESSEL-ANZÜNDER
MACH DOCH WAS ÜBER DIE MÜSLIS!
PFF
GEIL!
BIO KOST VIEL
Gudrun Grundmann Texterfassung
Tel. 6117850
WHISKY GORBATSCHOW!
PROVINZ POSSEN!
PARISER MODEN
SORRY WE'RE OPEN
79,-
41,-
398,-
496,-
ZB
NACKTE TATSACHE: SEX IST TOT!
MEMMINGEN ERNENNT STADT-INQUISITOR!

O-Platz
VON 0-24 h
WIE WILLSTE DENN NE STORY FINDEN, WENN DICH NIX AN-MACHT?
ABWARTEN!
DET ISN ÜWAFALL! LEG DIE KOHLE DAHIN, WA!
IRGENDWO LIEGT SIE AUF DER LAUER, DIE INSPIRATION!
DONT WORRY BE NAZI
HUÄLP!
+-BERG 4-EVER
KACKE! FUTURE: ATOMTOD
B-VG 56
ALSO: WER STÖRT DIE ÖFFENTLICHE ORDNUNG?
GLKQS!
ICH
GANZ ALLEIN
SCHADE, DASS BULLENWITZE OUT SIND.
..MAN MUSS NUR DIE AUGEN OFFEN HALTEN!
721
ICH RAUCHE NICHT!
DIE NEUE FILTERZIGARETTE!
NICHT! FILTER
..UND GEDULD HABEN!
DU MUSSTES JA WISSEN.
NICHT RAUCHEN GEFÄHRDET IHRE GESUNDHEIT
Marihuannen Platz
NIX-WIE-WEG-HIER
REISELADEN
WER KOKST, HILFT DEN CONTRAS!
IMMER RIN!
HOPI TOURS 2 WOCHEN 1999,- DM INCL. TERMIN BEIM SCHAMANEN
FÜR DEN KLEINEN GELDBEUTEL: ASTRAL-LEIB-REISEN
AUSSIE LAND
3 WOCHEN GORBI-TOWN (MOSKAU) NUR 6.999,-
ÄGYPTEN!
OUTBACK-OUTFIT
M-PLATZ FETE
Alles verseucht und versüfft!
ATZE HATZE NICH ALLE! KALLE.

NEUE DEUTSCHE LEERE
RESTAURANT & GALERIE
MENÜ
WINTERSPIELE IN DER KARIBIK! THATCHER VERBIETET ROTES KREUZ
GUTER ALTER LAUSITZER PLATZ!
ZB 1.5.89 ANGST! AL-SPD WERFEN UNS EM TERROR ZUM FRASS VOR! WENN DAS DER FÜHRER WÜSSTE!
WAS IST DAS FÜR EIN DENKMAL?
KENNSTE NICH? DAS IS DAS KEWENIG-DENKMAL!
STRAF-ZETTEL
FDGO FDGO
LUMMER
NOSKE
V.JAGOW
INNEN SENATOR BIS JANUAR 1989
SUCHE WHG 1000,- BEL.
VERGESST DEN KEWE NICH!
HEY ATZ WO ISN
DER LETZTE SENAT HAT ES ERRICHTET, FÜR SEINE VERDIENSTE!
JA, ER SOLL UNGLAUBLICH VERDIENT HABEN..
HABTA MALN PAAR GROSCHEN, IHR WIXER?
WAR HIER NICH AUCH DIE STRASSENSCHLACHT IM MAI 87?
EINE DER SCHÖNSTEN! ALLEIN FÜR DIE HAT ER DAS DING DA VERDIENT...

ER KAM DAMALS GANZ GEFRUSTED AUS DER HAUSHALTS-DEBATTE:
PLENARSAAL
DIESER SENILE SENAT WILL DEN POLIZEI-ETAT NICHT UM 800 MILLIONEN MARK AUFSTOCKEN!
NUR UM 500 MILLIONEN, MEIN INNENSENATOR!
PENG!
1987 FREITAG 1 MAI
CAFETERIA
WOZU DENN, HABEN SIE GESAGT!
IS DOCH NÜSCHT LOS, HABEN SIE GESAGT!
STAMPF!
STAMPF!
STAMPF!
STAMPF!
SELBST IN KREUZBERG SEI ALLES FRIEDLICH, HIESS ES!!
SCHRAPP
SCHRAPP
EINE TYPISCHE AL-LÜGE! IN KREUZBERG IST ES NIE FRIEDLICH!
LUMMER WAS HERE + STASI!
JETZT ZUM BEISPIEL IST DORT WIEDER EIN SOGENANNTES "STRASSENFEST"! FEST!! DASS ICH NICHT LACHE! HA!
HA!
HA!
STADTRING OST
WEDDING MOABIT
B-0-00-0
DA WIRD DOCH NUR AUSGEHECKT, WELCHER SUPERMARKT ALS NÄCHSTER DRAN IST!
PP
POLIZEI PRÄSIDIUM

DANN SPRITZEN SICH ALLE VOLL HASCHISCH! MOLLIS UND PFLASTERSTEINE WERDEN FEILGEBOTEN!
DA KANN EINEM JA ANGST UND BANGE WERDEN, MEIN INNENSENATOR!
ES IST UNSERE PFLICHT, DIE FRIEDLICHKEIT DES STRASSENFESTES ZU ÜBERWACHEN!
STRAF ZETTEL
ENTSENDEN SIE BEOBACHTER!
SECHSTAUSEND MANN WERDEN FÜRS ERSTE GENÜGEN!
ABER, MEIN INNENSENATOR, AUF DEM FEST SIND HÖCHSTENS FÜNFHUNDERT LEUTE!
ANTRAG AUF GENEHMIGUNG EINES STRASSENFESTES: LAUSITZER PLATZ 500
500 ANTI-BERLINER! ALSO PRAKTISCH 600 RUSSEN!
DER REST LAUERT IRGENDWO!
IN DEN HÄUSERN!
NEIN, NEIN!
ES BLEIBT BEI SIEBENTAUSEND MANN! ICH LASSE MIR MEINE JUNGS NICHT IN EINER KREUZBERGER PÖBELFALLE VERHEIZEN!
JAWOLL, MEIN INNENSENATOR!
STRASSENFEST AM LAUSITZER PLATZ!
SIEBZIG HUNDERTSCHAFTEN AUSRÜCKEN!
ERSTER!
POLIZEI KASERNE RUHLEBEN
POLIZEI KASERNE RUHLEBEN
POLIZEI
B 7347
B 7346
B 7345

DAS "STRASSENFEST" GEHT LANGSAM ZUENDE...
LALÜ
LALÜ
LALÜ
PENG
FACKEL
LALÜLALÜ
LALÜ
RATTER
LALÜ
SCHEPPER!
LALÜ
LALÜ
LALÜ
KRACH
TROMMEL
KLIRR
HÖNKEL
KLICKERADOMMS!
LALÜ
LALÜ
FLACKER
PRASSEL
LALÜ
LALÜ
LALÜ
LODER
KREISCH
KNIRSCH
WUMMS
HUP!
PFEIF
GRÖHL
HEUL
TRILLER!
RUMMS! BUMMS!
POLTER
BERST!
SIEG, MEIN INNENSENATOR!
BRAV, HASSO!
TRAPPEL TRAPPEL
JOHL
JAMMER
LALÜ
TAGS DARAUF, AM ZWEITEN TAG DER HAUSHALTSDEBATTE:
Z.B
SO "FEIERT" DER MOB IN SO 36:
AMOKFEST!
AM LAUSITZER PLATZ!
2. MAI 1987
GRÖHLENDE TERRORPUNKER JAGEN WEINENDE POLIZISTEN DURCH DIE STRASSEN!
"WIR HABEN BLOSS EIN BISSCHEN TRÄNENGAS IN EIN STRASSENFEST GESCHOSSEN, DA FIELEN SIE PLÖTZLICH ÜBER UNS HER! ES WAR FURCHTBAR!"
SAUSTE GANZ NAH AN 2 JUNGEN POLIZISTEN VORBEI!
OHNE UNSEREN INNENSENATOR WÄREN WIR JETZT ALLE HOPS!
HELD DES TAGES
POLIZEI BRAUCHT PANZER UND JAGDBOMBER!!!
RAKETEN
MG's
U-BOOTE
ATOM-BOMBEN
BOLLE: HEISSE WARE IMMER AUF LAGER: RAUCHFLEISCH · BRANDWEIN BRATWURST · GRILLKOHLE · FEUERWASSER ·
...UND WENN SIE MIT KREUZBERG FERTIG SIND, KOMMT DAHLEM DRAN UND DANN FROHNAU!
STRENG GEHEIM!
FROHNAU
DAHLEM
UNSINN!
DAHLEM!
FROHNAU!
DA WOHN ICH DOCH!
MEINE VILLEN!
MEINE YACHTEN!
SIE WERDEN ALLES NIEDER-BRENNEN!
DA HELFEN NUR 5000 NEUE STROM-GAS-WASSERWERFER, 10000 PUNKER-ABWEHRKANONEN, MILLIONEN VON D-MARK, MUT UND ENTSCHLOSSENHEIT!
VERDOPPELT DAS POLIZEI-BUDGET!
VER-DREIFACHT ES!
KÜRZT DIE SOZIAL-AUSGABEN!
BUH! BUH!
ER HAT RECHT!
DASSES SO SCHLIMM STEHT!
UND WENN WIR IHN VERZEHNFACHEN, DEN ETAT? WERDEN SIE DANN MIT DEM PÖBEL FERTIG?
BITTE!
VIELLEICHT...
STRAF-ZETTEL

DANN KAM DER WAHLKAMPF!
MIT KOHLDAMPF VORAUS!
SCHLACHTSCHIFF DEUTSCHLAND
CDU
MIT VOLLDAMPF HINTERHER!
FDP
IM ZICKZACK ZWISCHEN DURCH!
SPD
DIE FRAU GEHÖRT IN DIE KÜCHE! DER MANN GEHÖRT AN DIE FRONT! DEUTSCHLAND GEHÖRT MIR! ADOLF MEIER · LISTE 907
BANKEN
VERSICHERUNGEN
ATOM-INDUSTRIE
CHEMIE-INDUSTRIE
RÜSTUNGS-KONZERN
KAMPFSTOFF-LABORS
GEN-PANSCHER
AUTO-INDUSTRIE
SCHMIERGELD-SPENDER
IMMOBILIEN
DR. KOHL'S VERSCHLEISS-KABINETT!
WÄHLT DEN EWE NICH!
ES GIBT KEINE WOHNUNGSNOT, NUR ZUVIEL PÖBEL. GUTEN TAG. EUER SENAT.
DEUTSCHLAND MUSS WIEDER!
NSU
ARBEITER! WO SEID IHR?
DKW
MIES DRAUF? NIMM HAPPYSPEEDAGON!
SORGEN KILLER
expirin®
UND AB GEHT DIE POST...
ALKOHOL UND NIKOTIN BRAUCHT DER MENSCH IN WESTBERLIN!
HIER! EIN GRAMM HASCH!
BESSER ALS NICHTS!
SCHERTZ RENT A COP
AL-RÄUCHEREI
POLIZEI
B-0000
WAS BEDEUTED AL?
ALTE LINKE?
ARMER LENIN?
ARMER LUMMER!
ADIEU LUXUS!
ALLES LILA!
ABRASIVE LINGUA!
ALLOHOL LOTTALEH
SFB
MINUS
AHSCH LOCH
taz
die tageszeitung
HAAR-SPALTE
TAZ DICH ODER VERFATZ DICH!
TAZOID:
HUMORVERBOT!
TAZ-SENIOREN FÜR SERIÖSE TAZ
TAZAN MEINT:
ENTLASSUNGEN DIESE WOCHE:
FRAUEN FEUERN FEUILLETON!
TAZISMUS DISKUSSION
SCHLÄGEREI IN KANTINE
FEUILLETON FEUERT FRAUEN!
UNTAZ:

VERFASCHUNGSSCHUTZ
RECHTS-RUTSCH-VERSICHERUNG
1-Zi. APP. 18 m² 1.900.- SEHR KALT
KAUT. ABST. VERMITTL. ZUS. 39.999.-
SOZIALE WOHNUNGSKLAU KG
DAMIT WIEDER JEDER WEISS, WO'S LANG GEHT:
DEUTSCHE ☞ SCHLESIEN
TÜRKEN ☞ TÜRKEI
SCHURKEN ☞ SCHAFOTT
WÄHLT LISTE
GUT GEWÄHLT IST HALB GEWONNEN! AL LISTE 3
GESUNDHEITS-REFORM-KOST
HEUCHEL-HONIG
MEUCHEL-MÜSLI
KERN-OBST BLEI-BROT
RADIOAKTIV-RADIESCHEN
HAHN-MEITNER-HASELNÜSSE
· BLÜMERANTE PREISE ·
GENIESST FLUGLÄRM!
DER AUFREGENDSTE SOUND DES 20. JAHRHUNDERTS!
JETZT AUCH AUF CD
UNSRE DEVISE: DEVISEN!
WAS SEIN MUSS, MUSS SEIN! CDU
HYPERMARKT
15.12.88
GERHARD SEYFRIED
ALTERNATIVE LISTE 3
NUR ECHT MIT DEM GÜTE-IGEL
WÄHLT KDW
KENNER WÄHLEN MOMPER halb+halb
WÄHLT
REINER REIBACH BDI
WÄHLT DR. SCHMIER-LAVIER UND SEINE LISTE 4
IM GRUNEWALD, IM GRUNEWALD IS SMOG-ALARM…
NEU IM ANGEBOT: PHARMA-SCHINKEN NUR 9.99
DIOXAN FISCHE FUTSCH, WÄSCHE WEISS!
DA STRAHLT VATTERN: STEINPILZE 100g NUR 3000 Bec./gr. 19.99
PREISKNÜLLER: Saure Gurken
1a GLYKOL-KOHL
ANGEBOT HEUTE:
SCHWEFEL-SUPPE 5.99
GIFT-GEMÜSE 10.-
STRAHLEN-SALAMI 9.-
CHEMIE-CHICOREE 21.-
FÄKALIEN-FISCH 35
BAKTERIEN-BUTTER 2
ATOM-ANANAS 45
TODES-TOMATEN 7
KILLER-KOHL 3
Cognac »Cattenom«
SPA
SAFTIGES SITZFLEISCH FÜR KOHL-ROULADEN NUR
SUCHE: ARBEIT UND NE BLEIBE
HE! PSST!
DM
LOTTERIE
WAHL-LOSE:
PARTEI-LOS -.10 WITZ-LOS 2.-
ARBEITS-LOS -.50 RECHT-LOS 2.50
OBDACH-LOS 1.- RÜCKSICHTS-LOS 3.-
BESITZ-LOS 1.50 SKRUPEL-LOS 3.50
FARB-LOS…
ARG-LOS…
PAPADOPU-L
GESCHMACK-L
ZB NA BITTE! GRÜNE SCHULD AN OZONLOCH!
TYPISCH: TAZ BESPITZELT VERFASSUNGSSCHUTZ!
NETT: POLIZEI HILFT ARMEN MIETERN AUS IHREM HAUS!
BRAVO! GEFÄNGNIS-NEUBAU GLEICHT WOHNUNGSNOT AUS!
SEX! BLUT! GELD! TERROR
WÄHLT SEW
BAUM LAT. ARBOR
BIER
KDW
WER AL WÄHLT, DER IS HELLE, DEN BESCHEISST MAN NICH SO SCHNELLE! DARUM HURTIG: 1,2,3 DEIN KREUZLEIN FÜR DIE LISTE
WÄHL MICH
ODE ES KNAL

...NACH DER WAHL WAR ER FUTSCH!
OLLE KAMELLEN!
REPARIERT KAPUTTE ZEICHNER-RÜCKEN: KLAUS ASCHENDORFF MASSAGE-PRAXIS KOTTBUSER STR. 6 SO 36
KOMM RIN IN DIE Destille DENN BRAUCHSTE KEENE Brille!
SINDS DIE AUGEN, GEH ZU MAMPE
GIESS DIR EINEN AUF DIE LAMPE!
KANNSTE ALLES DOPPELT SEHN,
BRAUCHSTE NICH ZU RUHNKE GEHN!
(BERLINER VOLKSMUND)
TRINK-ALKOHOL LITER 1,10
WILD-SCHWEIN BIER
LASS UNS MAL DA RINKIEKEN!
ANTIQUITÄTEN Gebr. KARAMASOFF
DEUTSCHE KAUFT NICH BEI DIE AUSLENDA
AUSLENDA RAUS!
WER HAT EUCH DENN DIE SCHEIBEN EINGESCHMISSEN?
DIE GLATZEN, HERR ZWILLE!
EI, EI, EI VERBOTEN
DIE SKINS! HABT IHR KEINE ANGST, DASS ES WIEDER SO WIRD...
MING DYNASTIE
...WIE VOR FÜNFZIG JAHREN?
EIN WENIG IST ES SCHON SO WIE DAMALS!
JEDENFALLS FÜR UNSEREINEN.
DIE SEELE BAUMELN LASSEN! ÖLBERG KIRCHE IM KIEZ
BITTE WARTEN
DOCH GENUG GESCHWATZT! DER HERR SUCHT EINE EINGEBUNG?
WER? ICH? WOHER..
MEISTERSTEIN VERDRECKTE KAMERA
ULRICH VON HUTTEN UND SEINE NUTTEN
HANSI KIEF AUF APOSTROPHENJAGD
LADYSHATTERHANDS LOVER
RIFIFI IN MISSISSIPPI
KÜSSENDE MUSE DM 666.-
DAZU BRAUCHT ER KEINE STATUETTE...
...DAZU BRAUCHT ER EINE FLASCHE INSPIRATIONS-SPIRITUS!
good old news: taz
EIN SPEZIAL-WODKA AUS UNSERER RUSSISCHEN HEIMAT, AUS PILZEN GEBRANNT, DIE WIR GEISTESBLITZLINGE NENNEN!
DM 115.-

DIE ERLEUCHTUNG WIRD DEN HERRN ÜBERKOMMEN WIE DER BLITZ!
WOLLN'S HOFFEN
KAUFT TEURE AUTOS!
HABTA MAL NE MARK
SONST WÄHLNWA DIE REPS!
GROSCHN
PATTEX
DAS ENDE IST NAH!
NÄHER ALS IHR DENKT
BALD WIRD BERLIN VERSCHENKT! AN DIE RUSSEN! VON AL-SPD!
CDU
ICH GEH NACH HAUS!
TSCHÜS!
IMMER DIESER STRESS!
WO STECKST DU? WAR 5X HIER!! Holger vom Verlag!
P.S. DENK AN DEN TERMIN! H.V.V.!
KEINE ZEIT MEHR, AUF EINE EINGEBUNG ZU WARTEN! ICH WERD'S MIT DIESEM SELTSAMEN WODKA PROBIEREN!
TERMIN: COMIC-MESSE! UND ZWAR DIESES JAHR! DEIN VERLAG
BIN JA MAL GESPANNT...
GLUCK GLUCK
AH!
JETZT MÜSSTE DIE ERLEUCHTUNG KOMMEN WIE DER...
...BLITZ

TRÄUM...
?
WAS SOLL DAS?
MISS TERY! WAS SIND DAS FÜR BRIEFE?
NA, DIE POST, CHEF!
ALLES FANPOST?
VON WEGEN!
ALLES BESCHWERDE BRIEFE...
...WEIL "DAS SCHWARZE IMPERIUM" ALS TRAUM AUFGEHÖRT HAT!
also alles gar nicht wahr! Ihr schmutzigen betrüger!! Ehemaliger Fan!!!
HIER ZUM BEISPIEL: AM SCHLUSS AUFWACHEN... ..SO EIN KÄSE!
ODER HIER: DA IST JA GARFIELD NOCH BESSER... ..IST WENIGSTENS REALISTISCH!
SCHROTT
AN IHRER STELLE WÜRDE ICH MAL EINEN FACHMANN FRAGEN, WIE MAN GUTE STORIES SCHREIBT!
DEN LEUTEN PASST ABER AUCH GARNIX!

BEISPIELSWEISE DEN BESTEN STORYSCHREIBER DER WELT!
SOWAS GIBTS?!
KLAR! HIER IST DIE ADRESSE!
MACHS GUT, CHEF!
HUCH!
POFF!
ICH BIN EINGEPENNT UND HAB VON MISS TERY GETRÄUMT...
...UND VON DIESER VISITENKARTE!
ES GIBT VIEL ZU VIEL! SCHAFFEN WIR SIE AB!
ZEICHNEN MIT LINKS
SCHUND
DR². TOLSTOIJEWSKY
BESTER STORYSCHREIBER DER WELT
VELIKOWSKI ULIZA 23
NORILSK, UdSSR
ERWIN:
SELTSAM - ICH MUSS ES IM TRAUM AUFGESCHRIEBEN HABEN!
EIN FINGERZEIG DES SCHICKSALS!
DA: NORILSK! GANZ OBEN IN NORDSIBIRIEN! DA WOHNT ER!
NICHTS WIE HIN! UND ZWILLE KOMMT MIT!

GLEICH AM NÄCHSTEN MORGEN:
WIR MÜSSEN IN MOSKAU UMSTEIGEN! DA KÖNNTEN WIR IWAN BESUCHEN! ABER WAS BRINGEN WIR IHM MIT?
FÄHRT ER NICHT AUF COMICS AB?
* SIEHE: DAS SCHWARZE IMPERIUM
KLAR, TUT ER! ICH BRING IHM COMIC-FILME MIT...
...UND ZWAR DIESE KASSETTE MIT 12000 FILMEN DRAUF!
NEN RECORDER HAT ER JA WOHL..
DER ÄRMSTE!
HIER REIN!
D-104
8.25 h
PARIS·KÖLN·BERLIN
WARSZAWA·MOSKAU
A
GEIL! WAR NOCH NIE IN RUSSLAND...
...SO WIE PAPI UND VORHER DER OPA!
14
HARMLOSER STÖRFALL!
RÄTSELHAFTES FISCHSTERBEN
SELTSAME HAUTKRANK
DIE REISE ZIEHT SICH....
GÄHN! WERD MAL EIN NICKERCHEN MACHEN!
ICH WECK DICH, WENN WIR IN MOSKAU SIND!
12
Mauer-Spiegel
IMMER MEHR FLÜCHTLINGE AUS DEM OSTE
KOHL: IMMER HER DAMIT!
TRÄUM...
Bezauberndes Frankreich
15
NICHT HINAUSSEHEN DO NOT LOOK OUT

MAGAZIN = LADEN

×ACHTUNG! LETZTER TERMIN...

MORGEN FRÜH WOLLEN SIE DEN COMIC ABHOLEN UND ICH HAB NOCH NICHT MAL ANGEFANGEN!
МАГАЗИН №7/БИС 11
FÜR VIER KOPEKEN PAPIER! BITTE SCHNELL!
SCHNELL!
СПИЧКИ
1 STUNDE SPÄTER:
МАГАЗИН №7/БИС 11
РАБОТАЕТ С 8 ДО 21 ЧАС
40 BLATT!
ОБЪЯВЛЕНИЯ:
UND DAVON KANN ICH NOCH DIE RÜCKSEITE VERWENDEN!
BEKANNTMACHUNG
MIR BLEIBT NICHT MEHR VIEL ZEIT.. SCHNELL AN DIE ARBEIT!
ВНИМАНИЕ! СРОК ОКОНЧАНИЯ РАБОТЫ 17.06
FRÜH UM SECHS:
ARBEIT FERTIG, GENOSSE ZEICHNER?
ÄH..
..JA, GENOSSE ORTSKOMITEE-VORSITZENDER!
HUUiiiii
DEIN GLÜCK! HIER IST DER KURIER AUS MOSKAU, UM DAS MANUSKRIPT ABZUHOLEN!
CHERR DAMIET!
КГБ

* GEFÄHRLICHE ZONE! ZUTRITT VERBOTEN!

MUTANTEN-MONSTER?
IIIIH!
ПРОГРЕСС
ВНИМАНИЕ

ADE, DU SCHNÖDE...
POST!
POST FÜR SIE, CHEF!
POST?
JA! 800 000 NEUE BESCHWERDEBRIEFE, WEIL ALLES SCHON WIEDER BLOSS EIN TRAUM WAR!
TICK TACK
BLOSS EIN TRAUM!
AUF-WACHEN!
WO BIN ICH?
IN MOSKAU! WIR MÜSSEN AUSSTEIGEN!
TATSACHE!
LOS, KOMM!
WIR HABEN VIER STUNDEN ZEIT, BIS DER ZUG NACH SIBIRIEN ABFÄHRT!
IWAN KANN UNS DIE STADT ZEIGEN!
ИНТУРИСТ
ER SCHEINT NICHT DA ZU SEIN!
БЮРО
MACHT NIX! ERSTMAL RAUS AUS DEM BAHNHOF!
ТЕЛЕФОН

СЛАВА КПСС!
МОЛОКО
СОКИ-ВОДЫ
ПЕПСИ КОЛА
КВАС
JA, WEN HABEN WIR DENN DA?
?
СТРОИТЕЛЬНЫЕ РАБОТЫ
GILBERT SHELTON?! WAS TREIBST **DU** DENN HIER?
ICH ARBEITE FÜR DIE SOWJETISCHE REGIERUNG
КРАСКА
...AM **GRÖSSTEN** WANDGEMÄLDE MOSKAU'S!
IN EINER WOCHE WIRD ES FEIERLICH ENTHÜLLT!
DIESER AUFTRAG IST EIN **WENDEPUNKT** IN MEINER LAUFBAHN!
GRATULIERE, HERR KOLLEGE!
WIR MÜSSEN WEITER! ICH SCHENK DIR DIESEN PILZ-WODKA! GEH **VORSICHTIG** DAMIT UM!
OKAY!
BLUBB
BLUBLUBB
BLUBB
BLUBB
BLUBB

YAHOO!
CIAO!
VOR DER WEITERFAHRT MÜSSEN WIR UNS NOCH EIN PAAR WARME KLAMOTTEN BESORGEN!
HARD CURRENCY SHOP
Beriozka
DAMIT WIR NICHT ERFRIERIEN IN SIBIRIEN!
JETZT SEHEN WIR WIE RICHTIGE RUSSEN AUS!
BS
ВЕСТНЫЙ РИХОМ Э ТИИ». МЕН НЫХ ПОЛИ
WO IST DENN DEIN HAAR ABGEBLIEBEN?
DA! EIN RUSSE!
IN KRASNOJARSK:
JETZT GEHTS MIT DEM BUS DEN JENISSEJ ENTLANG NACH NORDEN!
AHA.
ПОЛАР ТРОЛЛЕЙБУС
POLAR-TROLLEYBUS
NACH NORILSK? SONDERGENEHMIGUNG HABT IHR JA WAHRSCHEINLICH!?
GLAUB SCHON
BS
DREI TAGE SITZEN WIR SCHON IM BUS!
KANN NICHT MEHR WEIT SEIN!

ПОЛЯРНЫЙ КРУГ
ARCTIC CIRCLE · POLARKREIS
ГАСНОСТ!
NÄCHSTER HALT: NORILSK!
(GASNOST)
T
HIER SOLL ER WOHNEN, DER DR. TOLSTOIJEWSKI!
IN DIESER STRASSE?
JA! HAUSNUMMER 2323!
HIER IST ERST 902!
902
SCHLIESSLICH:
DA IST ES! NR. 2323!
ABER HIER IST WEIT UND BREIT KEIN HAUS!
NUR EIN SCHILD: STAATLICHE BANANENPLANTAGE NORILSK!
ICH SEHE NUR WÜSTE!
2323
2324
VERDAMMT! ICH HABE EINE FALSCHE ADRESSE GETRÄUMT!
GETRÄUMT?!?
WIR SIND FÜR EINEN TRAUM INS HINTERSTE SIBIRIEN GEFAHREN?!
JE NUN!
WENN MAN EINE STORY SUCHT, MUSS MAN JEDER EINGEBUNG FOLGEN!
OH MANN!
NA GUT. ZURÜCK ZUM BUS.
JA. IST SOWIESO NICHT GANZ GEHEUER HIER!

* : RUHM DER ARBEIT!

AM NÄCHSTEN MORGEN:
SCHNAPPT EUCH SCHNEESCHAUFELN UND SCHIPPT!
UND WO IST DER SCHNEE?
DA KOMMT ER! VERTEILT IHN GLEICHMÄSSIG ENTLANG DER BAHNLINIE!
?
CHEF
KOMISCH, DASS DER SCHNEE NICHT SCHMILZT IN DIESER HITZE...
ER SCHMILZT NICHT, WEIL ES KEIN SCHNEE IST!
GILBERT!
VERSUCHT IHN MAL, DEN SCHNEE!
DAS IST... DAS IST JA...
..REINES KOKAIN!
DAS MUSS X-BILLIARDEN WERT SEIN!
WAS WIRD DAS HIER? EIN SKIPARADIES?
GLITZER
NEIN! DER "SCHNEE" WIRD ENTLANG DER BAHN AUSGEBREITET, DAMIT DIE TOURISTEN NICHT MERKEN, WIE WEIT DIE KLIMAKATASTROPHE SCHON FORTGESCHRITTEN IST!
DIE RUSSEN HABEN HIER KOKS ANGEBAUT, ALS NICHTS ANDERES MEHR WUCHS! ABER SIE SIND ES NICHT LOSGEWORDEN:
EXPORTIEREN KÖNNEN SIE ES NICHT, WEIL SIE DAMIT DER CIA UND DEN CONTRAS IN DIE QUERE KÄMEN - DIE WÜRDEN SICH NICHT EINFACH IHR MONOPOL NEHMEN LASSEN...
♪

...UND DIE RUSSEN SELBST MACHEN SICH NICHTS DARAUS, WEIL ES KNALL-WACH MACHT! SIE SIND NICHT GERN WACH! SCHLAFEN LIEBER!
OH WELL.
ICH HATTE SCHON SCHLIMMERE JOBS, ALS DEN HIER!
SCHNURPF
WIESO BIST **DU** ÜBERHAUPT HIER? WAS IST DENN PASSIERT?
WUUUUUUUUUHUUU
IST DEIN WANDBILD NICHT RECHT-ZEITIG FERTIG GEWORDEN?
DOCH. VORGESTERN, PÜNKTLICH ZUM TERMIN!
NUR GEFALLEN HAT ES IHNEN NICHT!
!
UND WARUM NICHT?
DAS HABEN SIE MIR NICHT GESAGT!
HAST DU KEIN FOTO?
DOCH! HAT MAN MIR ALS URTEILSBEGRÜNDUNG GEGEBEN!
ZEIG MAL HER!

1992
FUCK ALL
Gilbert Shelton

VERSTEH EINER DIE RUSSEN! DABEI HABE ICH DAS BILD EXTRA "LUSTIGES SOWJETLEBEN" GENANNT!
EINES TAGES:
WIR SIND HUMORSOLDATEN UND ZIEHEN MIT DEM SPATEN...
KOMMT MAL HER, IHR DREI AUSLÄNDER!
BUH!
КОНЯКСКИЙ
IHR SEID FREI! AMNESTIERT ODER SOWAS! DIESER OFFIZIER DORT HOLT EUCH AB!
ТРОЛЛЕЙ-ПЁС!*
* TROLLEY-HUND!
IWAN!
IWAN KAGEBEJEWITSCH!
REIN MIT EUCH!
WIE HAST DU UNS RAUSGEKRIEGT, IWAN?
SPIELT KEINE ROLLE!
HPAC 11-12-89

WAS SUCHST DU ÜBERHAUPT HIER IN SIBIRIEN, AUSSER BANANENPLANTAGEN?
IM GRUNDE NUR NE STORY..
AHA! NA, ICH BRING EUCH ZUM FLUGZEUG NACH MOSKAU! VON DORT AUS FAHRT IHR NACH HAUS!
АЭРОПОРТ
UND TRÖDELT UNTERWEGS NICHT RUM, SONST VERPASST IHR WAS!
?
GLASNOST TOURIST
МОСКВА АЭРО
К САМОЛЕТАМ
EXIT
GILBERT IST GLEICH HEIMGEFLOGEN!
UND WIR NEHMEN DEN NACHTZUG NACH BERLIN!
ICH WILL NOCH INS KAUFHAUS GUM, PAPIER KAUFEN!
OKAY!
СЛАВА ГЛАСНОСТИ!
ПРОТЕСТ!

NE BRECHSTANGE? WAS WILLSTE DENN DAMIT??
MIR EIN SOUVENIR HOLEN!
NEN PFLASTERSTEIN VOM ROTEN PLATZ!
HAT NICH JEDER!
МОРОЖЕНОЕ
SCHAU! NE BUDJONNY-MÜTZE!
DIE TROTZKY-TÜTE? AU JA! HER DAMIT!
PSST!
VALUTA!
ГЛАСТРОЙКА! ПЕРЕСНОСТЬ!
* GLASTROIKA! PERESNOST!

ES WIRD DUNKEL! ZEIT, ZUM BAHNHOF ZU GEHEN!
WO SIND WIR ÜBERHAUPT?
HET!
IM GORKI-PARK, SCHÄTZE ICH!
DA KOMMEN EIN PAAR KIDS ANGELATSCHT! DIE FRAGEN WIR NACH DEM WEG!
HEY, KIDS!
KÖNNT IHR UNS...
KLAR!
HER MIT EUERN SACHEN!
DAWAI!
!
TOO WILD TO BE BORN
AUSGERAUBT! GELD, FAHRKARTEN, PÄSSE, ALLES WEG!
UND UNSERE JEANS!
Joi!
Joi!
Joi Joi Joi!
MEINE SKIZZEN! ÜBERALL VERSTREUT!
DER MORGEN GRAUT UND NICHT NUR DEM..
OHNE HOSEN IN MOSKAU!
SO GEHTS NICHT WEITER!
WIR SCHNAPPEN UNS DIE ERSTEN TOURISTEN, DIE VORBEIKOMMEN!
?

(DIE SIND GENAU RICHTIG!)
PSSST! AMERIKANSKI! VALUTA!
I ♥ MOSCOW
EXXON IS GOOD TO NATURE
ZACK
KLUNK!
RATSCH
ZERR
IN MOSCOW...
...WITHOUT TROUSERS!
JETZT FÜHL ICH MICH WIEDER WIE EIN ANSTÄNDIGER MENSCH!
KICHER
UND WIE KOMMEN WIR HEIM?
NA, ZU FUSS!
WIE VATTERN
SCHON IN SMOLENSK!
NICHT SCHLECHT!
СМОЛЕНСК
XXXVII

EIN BREITER STROM! DAS MUSS DER DNJEPR SEIN!
ER FLIESST NACH WESTEN! PRAKTISCH!
SO EIN SCHÖNES LAND!
TAGE SPÄTER...
SO EIN SCHEISS-LAND!
WIR MÜSSEN IN DIE PRIPJET-SÜMPFE GERATEN SEIN!
FESTER BODEN! ENDLICH!
WEIT UND BREIT KEINE STRASSE, KEIN HAUS, NICHTS!
UND MEINE SKIZZEN SCHIMMELN!
WO SIND WIR BLOSS?

HAT KEINEN ZWECK MEHR! WIR MÜSSEN RASTEN!
ENDLICH KANN ICH MEINE SKIZZEN TROCKNEN!
PSST! HÖR MAL!
HU! UUU HUU! HUUUUUUU U UUU
EIN ZUG!
NICHTS WIE HIN!
WAS IST DA DRAUF? RAKETEN?
ВОН ОТСЮДА!
WEG DA!
KULTUR-GUT FÜR DIE DDR, STEHT DA!
SPITZE!

NA BITTE! WIR SIND SCHON IN POLEN!
SO COOL BIN ICH JA NOCH NIE ÜBER NE GRENZE GESCHLIDDERT!
WAS TURNST DU DENN DA DRAUSSEN RUM?
ICH SAMMLE DIE LADEZETTEL EIN!
ICH MUSS SCHLIESSLICH AUF IRGENDETWAS ZEICHNEN!
DDR-GRENZE!
583053-4
KEINE LADEZETTEL!
DIESE RUSSEN!
TAPA 21,4 T
F
DER ZUG DARF ERST ÜBER DIE GRENZE, WENN DIE LADEZETTEL DA SIND!
WIRDN PAAR WOCHEN DAUERN!
!
!
ER KOMMT AUFS ABSTELLGLEIS UND WIRD SCHARF BEWACHT!
JAWOLL!

EIN PAAR WOCHEN SPÄTER, IM OKTOBER 1989:
WIR FAHREN WIEDER!
BESSER, WIR SPRINGEN AB, BEVOR WIR NACH OSTBERLIN REINFAHREN!
SO WIE WIR AUSSEHEN, KRIEGEN WIR BESTIMMT ÄRGER!
WIR HABEN KEINE ANDRE WAHL!
GUT, DASS ES SO FRÜH IST! ES IST NOCH ALLES MENSCHENLEER!
40
DDR
BERLIN
DDR
ES MUSS SCHON NEUN SEIN UND IMMER NOCH NIEMAND ZU SEHEN!
NUR TRABIS!
Aufs-Grotewohl-Strasse
0-23
KEIN WUNDER! DA STEHN SIE ALLE SCHLANGE!
BESSER, MAN SIEHT UNS NICHT!
KOMISCHE SCHLANGE - SO REGLOS!
ZU
DAS IST JA EINE PAPPSCHLANGE!
UND DA STEHT 'N PAPP-VOPO!
DEN TRET ICH IN ARSCH!
ZU
VEB VOLKSATTRAPPEN
WANDLITZ 1989

HIER IS NOCH EINER!
VERPISS DIR, VOPO!
HAUS DE
ZACK!
KEIN SCHWEIN WEIT UND BREIT!
..STIMMT DOCH WAS NICHT!
GEIL!
WERN OSTN KENNT UN SICH NICH DRÜCKT, DER IS VARÜCKT
TSCHÜS
DER NÄCHSTE BITTE!
JAUU!
OHA!
'SCHULLJUNG!
PFEIF!
SCHRILL!
TRILLER! TRILLER!
GROSS-ARTIG!
GANZ DUFTE!
DADÜ! DADÜ! DADÜDELÜDELÜ!
12a
SUCH! SUCH!
RAUWAU WAUWAU!
SACKGASSE! WIR SIND GELIEFERT!!
QUATSCH! DA RUNTER!
SCHNELL! HIER REIN!

KEUCH!
SCHNAUF! SCHNAUF!
GERETTET!
PFEIF!
KOMM, WEITER!
LSR
80 PERSONEN
ALTE LUFTSCHUTZKELLER! ALLE MITEINANDER VERBUNDEN!
Nr 22 b
OB WIR SCHON UNTER DER MAUER DURCH SIND?
GLAUB ICH NICHT!
WEGWEISER?
FLUCHTTUNNELS AUS DEN 60ERN! VIELLEICHT KOMMEN WIR SO IN DEN WESTEN!
STOLLEN EBERHARD
NA, ICH WEISS NICHT! DIESER GANG IST HALB VERSCHÜTTET!
HUCH!
KRACKS!

ZWILLE!
VERSCHÜTTET!
VERSCHÜTTET! KEIN ZURÜCK MEHR!
Potsdamer Platz
NA, DANN VORWÄRTS!
WERD SCHON IRGENDWO RAUS-KOMMEN!
REICHSKANZLEI
WENN ICH NUR WÜSSTE, OB ICH NOCH UNTERM OSTEN BIN ODER NICHT!
SCHRÄNKE VOLLER ALTER NAZI-UNIFORMEN! MEIN LIEBER SCHWAN!
STAUB

INZWISCHEN:
NICHTS ZU MACHEN!
ICH MUSS OHNE ZWILLE WEITER!
WENN ES EINEN WEG IN DEN WESTEN GIBT, DANN HIER UNTEN!
FRISCH BOHNERT
EINE TÜR! HOFFENTLICH KRIEG ICH DIE AUF!
LSR
GAS SCHLEUSE
ZUGEROSTET!
GAS
LEUSE
HAU RUCK!
GAS
LEUSE
HUCH!
EIN RUSSE!
EIN SPION! GREIFT IHN EUCH!
EIN RUSSENSPION, HERR KAMERAD GAU-VERWESER!
ER IST IN UNSERE GEHEIMZENTRALE EINGEDRUNGEN!
SO, SO!

BISSCHEN BEI UNS RUMSCHNÜFFELN, WIE?
BIST NICHT DER ERSTE!
HMPF!
MFNGLNG!
IST DAS DER PLAN, HINTER DEM DU HER BIST?
ZU SPÄT, SPIONEN-SCHWEIN!
GEHEIM!
RECHTS VERNETZUNG
EIN VOLK · EIN REICH EIN ASCHENBECHER
IL DVCE
NIEMAND KANN UNS MEHR AUFHALTEN, JETZT, WO WIR ALLE ZUSAMMEN...
... DIE REPS UNTER-WANDERN: NPD, DVU, FAP, WIKING-JUGEND, HIAG, NSDAP-AO...
"AUGENBRAUE" MIT SEINER NSU!
..UND DIE ᛋᛋᛋᛋ!
ᛋᛋᛋᛋ HEISST: ᛋTOLZE ᛋᛋ-ᛋENIOREN!
UND DIE GGGG! DIE GUT GETARNTEN GESTAPO-GREISE!
UND WIR HITLER-JUPPIES!
H.J.
SKINS
AOK
KLANK!
RASSEL!
BALD WERDEN WIR WIEDER AN DER MACHT SEIN!
DANN WIRD DEUTSCHLAND WIEDERVEREINIGT, DASS ES NUR SO RAUCHT!
UND DANN VERHANDELN WIR MIT DEN POLEN..
DEUTSCHLAND IN DEN GRENZEN VON 1941
?
?
H.J.
SKIN
AOK
KLIRR!
RATTER!
... ÜBER EINEN KORRIDOR NACH DANZIG!
GRENZENLOSES DEUTSCHLAND
UNGEKÜHLT HALTBAR: 1000 JAHRE

...DANN WERDEN WIR WIEDER MARSCHIEREN, BIS ALLES IN SCHE-HERBEN FÄLLT! MORGEN GEHÖRT UNS GANZ DEUTSCHLAND UND DANACH DIE GANZE WELT!
...UND ES FE-HELT UNS AUCH NICHT AN GEEEEEEEEELD!
HJ
SPENDEN
GENUG, KAMERADEN! JETZT STELLEN WIR DEN SPION VOR EIN FAIRES STANDGERICHT UND ERSCHIESSEN IHN!
DA!
DADA!
ES LEBE DER HELDENTOD!
HRRMPF!
WAS IST HIERR LOS?
DER FÜHRER!
SIE SIND NICHT TOT, MEIN FÜHRER?
SEHE ICH SO AUS?!
DASS ICH DAS NOCHEINMAL ERL.. HRGL..
GACKS
PENG!
HABE MICH '45 IN MEINERR FÜHRRERR-V2 IN UMLAUFBAHN SCHIESSEN LASSEN!
WAU!
SAPPER LOT!
HJ

WERRNHERR VON HELLBRRAUN ZU VERRDANCKEN! 45 JAHRRE IM ALL VERRBRRACHT!
TIEFGEKÜHLT WIE EIN LANDSERR IN STALINGRRRAD!
BELT
MEMEL
MAAS
ETSCH
D
HEIL HITLER!
HEIL HITLER!
DAS WILL ICH MEINEN!
KNALL!
WIE SIEHT MEIN ADJUTANT AUS? UND WARRUM IST ERR GEFESSELT??
IHR.. IHR ADJUTANT, MEIN FÜHRER?!
?
BITTE TAUSENDMAL UM VERGEBUNG, HERR KAMERAD!
WIR HATTEN JA KEINE AHNUNG!
SCHNIPP!
SCHNIPP!
SCHNIPP!
MEIN ADJUTANT WIRRD MIRR UNTERR VIERR AUGEN BERRICHT ERRSTATTEN!
SIE, MEINE HERRRREN, WARRTEN HIERR!
FÜHRER, BEFIEHL! WIR WARTEN!
HOPPALA!
KRACKS!
KNALL!
DER FÜHRER– OHNE UNTERLEIB!
AU! AUA!

BETRÜGER!
SPITZEL!
HINTERHER!
ZWILLE!
QUATSCH NICH LANG! KOMM!
WIE..? WOHER...?
HAB DIE KLAMOTTEN IM FÜHRERBUNKER GEFUNDEN!
PENG!
PENG! PENG!
BESTIMMT SIND SIE DURCH DIE KANÄLE!
LOS, WEITER!
FÄKAL RECHEN 12

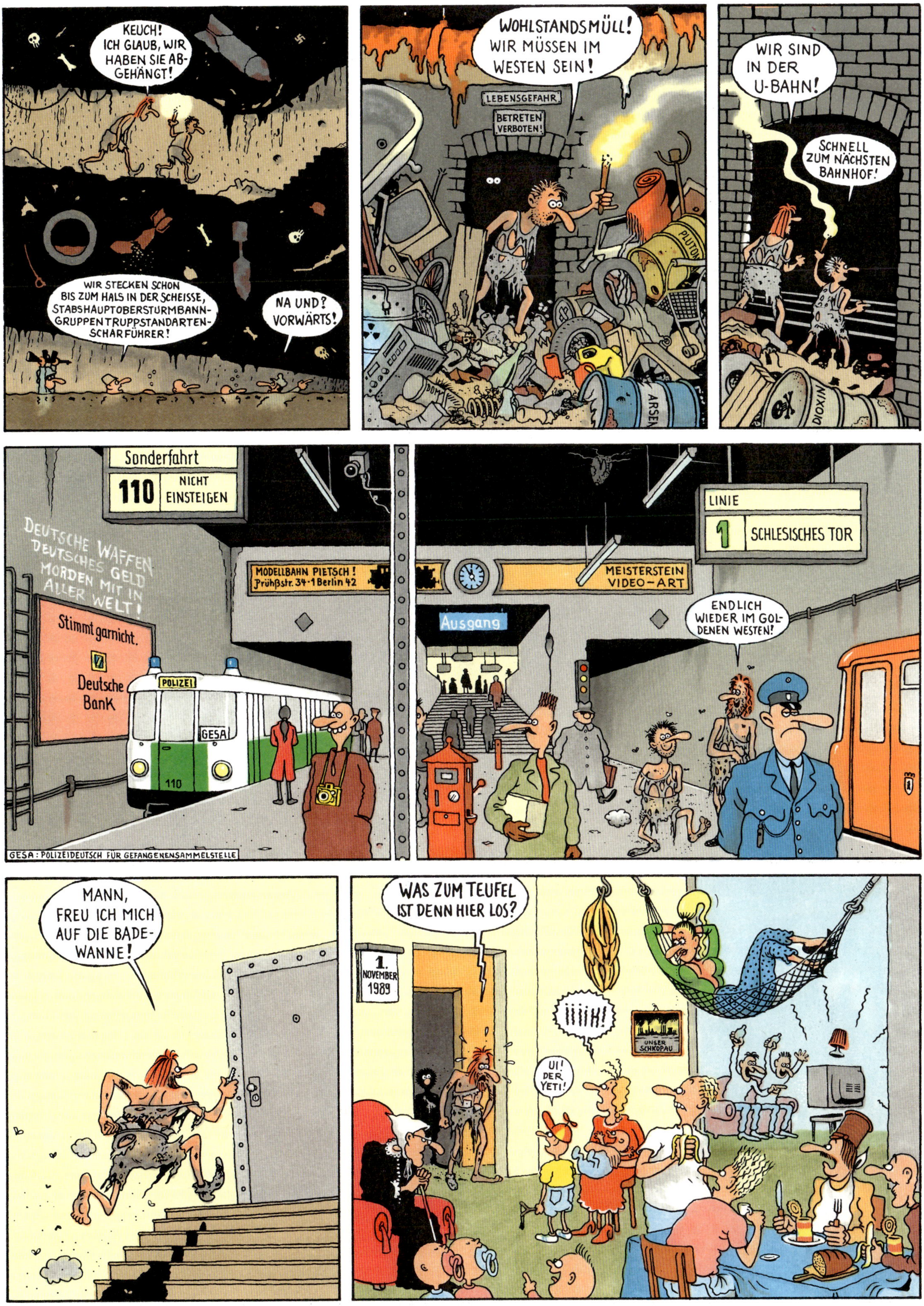
KEUCH! ICH GLAUB, WIR HABEN SIE AB-GEHÄNGT!
WIR STECKEN SCHON BIS ZUM HALS IN DER SCHEISSE, STABSHAUPTOBERSTURMBANN-GRUPPENTRUPPSTANDARTEN-SCHARFÜHRER!
NA UND? VORWÄRTS!
WOHLSTANDSMÜLL! WIR MÜSSEN IM WESTEN SEIN!
LEBENSGEFAHR
BETRETEN VERBOTEN!
PLUTON
ARSEN
WIR SIND IN DER U-BAHN!
SCHNELL ZUM NÄCHSTEN BAHNHOF!
DIOXIN
Sonderfahrt
110 NICHT EINSTEIGEN
DEUTSCHE WAFFEN DEUTSCHES GELD MORDEN MIT IN ALLER WELT!
Stimmt garnicht.
Deutsche Bank
POLIZEI
GESA
110
MODELLBAHN PIETSCH! Prühßstr. 34-1 Berlin 42
GESA: POLIZEIDEUTSCH FÜR GEFANGENENSAMMELSTELLE
LINIE
1 SCHLESISCHES TOR
MEISTERSTEIN VIDEO-ART
Ausgang
ENDLICH WIEDER IM GOLDENEN WESTEN!
MANN, FREU ICH MICH AUF DIE BADE-WANNE!
WAS ZUM TEUFEL IST DENN HIER LOS?
1. NOVEMBER 1989
¡¡¡¡H!
UI! DER YETI!
UNSER SCHKOPAU

MAN HAD UNS HIER EINGWARDIERD, MEIN GUDSDER!
WIR SIND FLÜCHDLINGE AUS'M OSD'N!
FLÜCHTLINGE AUS'M OSTEN!
Bud weiser
WAS GLAUBT IHR, WAS WIR SIND?!
FLIPP
GÄNSEFLEISCH NICH SO SCHREIN, NEWAR!
WAS HAT DIESER GANZE GIFTMÜLL HIER VERLOREN?!
(TOB)
GIN
BOLIZEI? DA MACHDEINER UNSERE SACHEN GABUDD!
KEINE BUDE, KEINE KOHLE – BLEIBT NUR NOCH DER VERLAG!
BIETE ALLES FÜR BLEIBE
NEHME JEDES LOCH!
SUCHE WOHNUNG
ZAHLE JEDE MIETE
SUCHE WHG
SCHMIERE JEDE SUMME!
SUCHE ZIMMER
FAMILIE SUCHT WHG
8.NOVEMBER 1989
ZB CHEMIE·GAU
MACHT ALLE TÜRKEN BLOND+BLAUÄUGIG!!
FÜR DEUTSCHE HARMLOS SAGT LEU-CHEMIE-CHEF!
SELBSTMORDWELLE BEI REPUBLIKANERN
TÜRKE!
600 Km Stau z
NOVEMBER 1989
ZB CHEMIE-G
ICH HAB ZWAR NUR EIN BÜNDEL SKIZZEN, ABER DAS MERKEN DIE GARNICHT...
10.HOF
ROTBUCH VERLAGS ANSTALT
TAG, LEUTE! HIER BIN ICH! PÜNKTLICH ZUM TERMIN!
WAS SIND DAS FÜR ASSIS? WIRF SIE RAUS, OTTO!
IIH!
ABER ICH BIN'S DOCH, DER VERMISSTE AUTOR!
DER MIT DEM VIELEN VORSCHUSS!
AUTOR VERMISST
TOT ODER LEBENDIG!
HEKTOR DER LEKTOR

UND WAS IST DAS DA?
NA, MEIN NEUES BUCH!
HOLGER DER VERFOLGER
MAN SIEHT NICHT MAL MEHR, DASS ES MAL PAPIER WAR!
UND WAS IST MIT DEM VORSCHUSS? DEN 100.000 MARK?
DRAUFGEGANGEN... FÜR RECHERCHEN IM AUSLAND...
KNORR!
WENIGSTENS SIND WIR DIE FLIEGEN LOS!
JETZT BIN ICH DER ÄRMSTE COMICZEICHNER DER WELT!
UND ICH DIE ÄRMSTE COMICFIGUR DER WELT!
NICHTS IM LEBEN IST VON DAUER, NUR DIE GUTE, ALTE MAUER!
MATHIAS! WIE GEZ?
Heil KOHL
WERN WESTN KENNT UN SICH NICH DRÜCKT DER IS VARRÜCKT
HOCH DIE KPD/ML
FAHRT ZUR HÖLLE, AUTOS!
GRASNOST!
HALLO ÜNES!
?

WILLY-
BRANDENBURGER TOR
POOR GRAFFITY...
14.XI.89
EINKAUFEN:
VZ-123
SHELL
SPRIT FÜR DIE APART-HEID
PLUTONIUM
LEU CHEMIE
DIOXIN BLITZ REINIGER
BIER
PORNO
NGBK
KAMPF STOFF VIREN
FCKW VERPACKT
COCA COMA
HEROIN
PATT & EX
SCHNAPS
CS GAS
VALIUM FAMILIEN PACKUNG
OZONOL TANNENDUFT

MON DIEU!
BLEND
TRÜG
SCHEIN
GLITZER
LOCK
VORGAUKEL
BOB LOATHS YOU!
JOE
DIE MAUER IST AUF!
UND BERLIN IST PLÖTZLICH NE TRABANTEN-STADT!
HUST! HUST!
WIR KÖNNTEN EINFACH RÜBER..
..UND EIN NEUES LEBEN BEGINNEN!
PALMER VREEDES WUZ HERE!
DIE UMWELT-SAU!
TAG! WIR WOLLEN RÜBER! WO GIBTS BEGRÜSSUNGS-GELD?
HAHAHA!
ES GOSDED BEGRÜSSUNGSGELD! UN ZWAR VALUDA, MEIN GUDA!
GELD WOLLNSE! VON UNS!!
BLEIMWA EBEN HIER!
DA! ZWEI NACHZÜGLER! DIE SIND RICHTIG, HERR MINISTER!
WENN SIE MEINEN...

KAMERA LÄUFT, HERR DR. SCHMIER-LAVIER!
(FUI DEIWEL, SEHN DIE AUS!)
NA, WAS TUT MAN NICHT ALLES!
MEINE LIEBEN, LIEBEN LANDSLEUTE!
HERZLICH WILLKOMMEN...
?
...DAHEIM IM REICH! ÄH...IM REICHEN WESTEN!
WÄHLT DR. SCHMIER-LAVIER UND SEINE LISTE 4
DA HABT IHR JEDER NOCH EINE BANANE!
SCHNITT!
BRAVO, HERR MINISTER!
CDU
NACH HAUSE, ANTON!
SEHR WOHL!
SCHWANENWERDER ODER DIE DAHLEMER VILLA?
BYE BYE WALL!
DM
DU VOLLGEFRESSENER BANANENREPUBLIKANER! DU.. DU...
SCHNORCH!
NEIN, HEUTE WILL ICH MAL IN MEIN GRUNEWALD-SCHLÖSSCHEN!
FRÜHJAHR 1990:
BILLIGER KRAM
BLOSS 99 99
KIEKMA! NUR 99 99!
AM HERMANN-PLATZ KOSTETS NUR 99 98
SALOPPE 9999 99
KEINE 999 99
GRADE MAL 99999 99
NUR 99 99
FOOLWORTH
NEU!
»VOLKSEIGENER«
VOLKSWAGEN
MIT
VOLKSVERGASER
F.B.
SIEG!
DDR KAPITULIERT!
TOTALE KAPITALATION
WAIGEL: MEIN VERDIENST!!
KOHL: NEIN. MEINS!

MIET-BAR-O-METER DM/m²
150- 100- 80- 60- 50- 40- 35- 30- 25- 20- 15- 10- 5-
SIEMENS-MBB
LEU-CHEMIE
KANZLERAMT
Ka De O
NISSAN
RÜSTUNGS-UND ATOM-EXPORT
BANK
NATO
MINISTERIUM FÜR REINHALTUNG DER DEMOKRATIE
DISCO
BIG APPLE
Ka De We
Kackstadt
LEIPZIGER VOLKSZORN
DIE BESTE VERSICHERUNG!
DAS PARFUM, DAS IHM DEN ATEM RAUBT: Bleu de Coup!
PLUTONIUM-SCHNELLVERKEHR
?
OLYMPIADE IN BERLIN!
DER JANZ JROSSE REIBACH!
GROBER UNFUG
BERLINS GRÖBSTER COMIC-LADEN: ZOSSENERSTR. 32-33
ZUSAMMEN WÄCHST, WAS ZUSAMMEN GEHÖRT!
OSSI-FALLE!
BILLIG · BILLIG · BILLIG · GHETTOBLASTER: 99.98! JEANS NUR
AUTO SALON
SEX
Realo Markt
KREDIT&FOLTERBANK
Ost-West-Achse
JUNK
KITSCH
VIDEO-
IMBISS-PAULE
BROILER-KEBAB
BRANDENBURGER
STASI-GORENG
KOHLROULADEN IN BRAUNER SOSSE
HIER VERLIEF DIE MAUER! SIE WAR NICHT VON DAUER!
PASST BLOSS AUF, IHR POLEN!
Deutschland einig Groß-Vaterland!
UND DANN ÖSTERREICH!
DANZIG HER!
VERFASCHUNGSSCHUTZ STATT VERFASSUNGSSCHUTZ
KREUZBERG ADE! PROFITGIER TUT WEH!
FUI DEIBEL
WEG MIT DER ATOM-MAFIA!
SHELL GEGEN NEGER!
NAZIS RAUS!
WELCH WIRRER WIRRWARR!
D
JPV 7-52
Bild
NEUE AUFRÜSTUNGS-VORSCHLÄGE DER USA!
TOLL!
US-LUFTWAFFE BOMBARDIERT TASCHENDIEB-VERSTECK!

NUR DER OST-TEIL HAT SICH SCHWER VERBESSERT:
Karl-Marx-Allee
...VORIGE WOCHE WAR NOCH ALLES VOLL BANANEN-SCHALEN!
SEX
NEU!
PORNOS
MODEL NEKRO
AUFBLASBAR
V.E.B. MIE
ENVER
GESCHLOSSEN
Koka Kohla
DEMOKRATISCHE
NATIONALSOZIALISTEN DNS
WÄHLT WEINPANSCH
DER MANN, DER AN IHREM VERTRAUEN VERDIENT!
CDU-DSU
WÄHLT DUF
DEMOKRATISCHE ULTRA-FASCHISTEN
WÄHLT PDS
WÄHLT SPD
NEU IM KINO:
DER KOHLOSS VON OGGERSHEIM
DEUTSCHLAND, MEIN FETTNAPF
TOD IN DER WANNE
IM U-BOOT NACH KAPSTADT
WIE ICH DIE DOOFEN OSSIS ABZOG
ICH KENNE KEINE GRENZEN
NOCH HAT POLEN NICHT GEWONNEN
GEWÄHLT HABEN SIE AUCH!
UND WIE!
I ♥ LEERE VERSPRECHUNGEN
Zeitunge
BERLINER TAGBLA
KOHLERA IN DER "DDR"!
WIE GESCHMIERT!
BAUSENATOR VERSCHENKT POTSDAMER PLATZ AN MERCEDES!
PLANLOS
WIRTSCHAFTS-JOURNAL
STOLTENBERG VERSPRICHT DDR-WERFTEN U-BOOT-AUFTRÄGE!
STADT-ANZEIGER
KUHDAMM AN TOYOTA! 60-SPURIGE STADTAUTO-BAHN
ENTSETZLICH!
WIR KEHREN DIESER STADT DEN RÜCKEN!
WAS BESSRES FINDEN WIR ALLEMAL!
INS AUSLAND
BAU-LOS 7498 A,B VERKAUFT
ODER?

WIR (KRÄCHZ) SIND FLÜCHTLINGE AUS BERLIN UND....
HIER NIX BLEIBEN!
WELCOME, WEALTHY TOURIST, TO THE REPUBLIC OF URUNDI BIMBAMBA
AMERICAN EXPRESS
VISA
MASTER CARD
SLAVE CARD
PEOPLES REPUBLIC
KINGDOM
ENDE

Gerhard Seyfried
im Rotbuch Verlag

Wo soll das alles enden
Kleiner Leitfaden durch die Geschichte der Linken
Erweiterte Neuausgabe. Großformat. 104 Seiten. DM 18

Das schwarze Imperium
Comic. 88 farbige Seiten. DM 29

Berlin Plakate
Sechs seienzfikschn Stadtbilder + ein Polizeiauto-
Ausschneidebogen in einer Mappe
Vierfarbig. Format DIN A 3. DM 16

Invasion aus dem Alltag
Vierfarbiger Comic. 96 Seiten. DM 19

Post-Postcartoons
16 farbige Postkarten in einem Buch. DM 12